In den wundersamen und komischen Gedichten und Geschichten von Robert Gernhardt und den magischen Bildern von Almut Gernhardt eröffnen sich rätselhafte Welten und abenteuerliche Reisen. Gemeinsam erzählen sie von Menschen und Tieren, von Mut und Angst, von Spiel und Ernst, von Freundschaft und Liebe. Ein großes Vergnügen an Wort und Bild für Jung und Alt.

Die sechs Kinderbücher sind im Fischer Taschenbuch Verlag lieferbar: ›Ich höre was, was du nicht siehst‹, ›Mit dir sind wir vier‹, ›Ein gutes Schwein bleibt nicht allein‹, ›Was für ein Tag‹, ›Der Weg durch die Wand‹ und ›Feder Franz sucht Feder Frieda‹.

*Robert Gernhardt* (1937–2006) lebte als Dichter und Schriftsteller, Maler und Zeichner in Frankfurt am Main und in der Toskana. Er erhielt zahlreiche Auszeichnungen, darunter den Heinrich-Heine-Preis und den Wilhelm-Busch-Preis. Sein umfangreiches Werk erscheint bei S. Fischer, zuletzt ›Toscana mia‹ (2011) und ›Hinter der Kurve‹ (2012).

*Almut Gernhardt* (1940–1989) studierte an den Kunsthochschulen in Bremen und Berlin Graphik und Malerei. In Frankfurt am Main arbeitete sie als Graphikerin, ab 1973 als freiberufliche Malerin und Illustratorin. Sie lebte und arbeitete in Frankfurt am Main und in der Toskana.

*Weitere Informationen, auch zu E-Book-Ausgaben, finden Sie bei www.fischerverlage.de*

Robert Gernhardt

# ICH HÖRE WAS, WAS DU NICHT SIEHST

Mit Bildern
von Almut Gernhardt

Fischer Taschenbuch Verlag

MIX
Papier aus verantwortungsvollen Quellen
FSC® C083411

Veröffentlicht im Fischer Taschenbuch Verlag,
einem Unternehmen der S. Fischer Verlag GmbH,
Frankfurt am Main, November 2012


›Ich höre was, was du nicht siehst‹ erschien erstmals 1975
im Insel Verlag, Frankfurt am Main.
Satz: Pinkuin Satz und Datentechnik, Berlin
Druck und Bindung: CPI – Clausen & Bosse, Leck
Printed in Germany
ISBN 978-3-596-18921-2

# Ich höre was, was du nicht siehst

Tannenbäume gibt es viele,
doch Vogelbäume kaum.
Denn nur alle tausend Jahre
wächst ein Vogelbaum.

Geh daher auf Zehenspitzen,
wenn du ihn entdeckst.
Andernfalls kann es geschehen,
dass du ihn erschreckst,

und dann fliegt er ohne Laut
fort aus seinem Garten,
und du musst ein weit'res Mal
tausend Jahre warten.

Tausend Jahre! Mann, o Mann!
Präg's dir ein und denk daran!

Nacht- und Reiselied einer
schwebenden Bambusbärin:

Komm, es ist spät geworden,
wir müssen jetzt nach Norden,
halt dich nur richtig fest.
Die Tiere, die wir trafen,
die schweigen längst und schlafen,
wir pfeifen auf ein Nest.

Man kann nicht immer bleiben.
Lass dich nur mit mir treiben,
wir wollen Länder sehn,
wo Milch und Honig fließen
und Bären uns begrüßen,
die auf dem Kopfe gehn.

So ist nun mal das Leben:
Wer schläft, der kann nicht schweben.
Schon wird es langsam hell.
Die Sonne treibt die Kühle
aus Wald und Gras, ich fühle
die erste Wärme auf dem Fell.

Die Puppe hält den Kopf gesenkt und denkt:

»Wie ist das denn? Wie war das noch?
Da ist doch was, ich wollte doch ...
Moment mal! Hatt' ich nicht vor Wochen –
ja, wem denn nun? – ganz fest versprochen,
ein großes Essen zu bereiten,
und sagt' ich nicht: Kommt doch am zweiten
September abends hier vorbei,
da gibt es Huhn und Haferbrei
und jede Menge – aber Leute!
Heut ist ja Donnerstag, der zweite!
Und ich hab alles glatt vergessen!
Hab nichts gekocht, hab nichts zum Essen,
weiß nicht einmal, wer kommen wird –
doch halt! Vielleicht hab ich geirrt,
vielleicht hab ich noch sehr viel Zeit,
und meine Gäste sind noch weit ...
Vielleicht sind sie jedoch schon hier
und stehen draußen vor der Tür ...?«

Vielleicht, vielleicht, vielleicht, vielleicht –
ob wohl die Zeit zum Kochen reicht?

Wenn die weißen Riesenhasen
abends übern Rasen rasen
und die goldnen Flügelkröten
still in ihren Beeten beten,
wenn die schwarzen Buddelraben
tief in ihrem Graben graben
und die feisten Felsenquallen
kichernd in die Fallen fallen –:
dann schreibt man, wie jedes Jahr,
den hundertzwölften Januar.

Was? Ihr kennt ihn nicht, den Tag?
Schaut mal im Kalender nach!

A 72

Ein Stier ging auf die Weide,
da war schon einer da,
der eine war weit hinten,
der andre war ganz nah.

Das sah der Bauer Brosam
sich hochverwundert an
und dichtete ein Liedchen,
das mit dem Satz begann:

Ein Stier ging auf die Weide,
da war schon einer da ...

(Und so weiter, bis zum Gehtnichtmehr ...)

Hier ruht Carlo,
der trägste,
ängstlichste und
vorsichtigste
Jagdhund der Welt.
Zu träge, hinter Hasen herzulaufen,
zu ängstlich, den Enten ins Wasser zu folgen,
zu vorsichtig, sich einer Katze zu nähern.
Mit diesem Denkmal ehren wir ihn
und sein Andenken.

Die Hasen
Die Enten
Die Katzen

A 73

Der Spiegelsee ist tief und still,
er spiegelt alles, wie er will:

Er spiegelt nicht, wie sich's gehört,
ein Schwein als Schwein, ein Pferd als Pferd –,
wenn es ihm passt, zeigt er das Schwein
als Pferd, das Pferd als Stein,
den Stein als Wolf, den Wolf als Hecht,
den Hecht als Frau, die Frau als Specht. –
Nur wenn des Nachts mit schwerem Schritt
der Elefant ans Ufer tritt,
dann spiegelt ihn der Spiegelsee
nicht als Kamel, Fuchs oder Reh,
nein, nein, er zeigt den alten Freund
so, wie ihn still der Mond bescheint:
Sehr groß, sehr weiß, sehr unbewegt,
kaum, dass er seine Ohren regt.

(Oder?)

Wie kann man übers Wasser laufen,
ohne sofort abzusaufen?
So:

Nimm Primelfett und Puddingkraut,
zwei Kilo feinste Fliegenhaut,
drei Liter Gold und Himbeertran,
ein Walfischhaar und einen Zahn
von einer Hummel und tu das
zusammen in ein Silberglas.
Das Ganze lass nun fünf, sechs Wochen
auf kleingestellter Flamme kochen,
wobei man ständig schreien muss.
Sodann gieß alles in den Fluss,
den Bach, den Tümpel oder Teich,
auf dem du gehn willst, und sogleich
trägt dich das Wasser wie ein Brett.
So weit, so gut. Ach ja, ich hätt'
fast ganz vergessen, zu betonen,
dass all die Mühen sich kaum lohnen,
wenn man zum Beispiel schwimmen kann.
Du kannst nicht schwimmen? Dann mal ran!

Gesetzt den Fall, ihr habt ein Schaf gekränkt –
(»Gesetzt den Fall« heißt »Nehmen wir mal an«) –,
gesetzt den Fall, es hat den Kopf gesenkt
und ist euch böse – ja, was dann?

Dann solltet ihr dem Schaf was Liebes sagen,
ihr könnt' ihm auch dabei den Rücken streicheln,
ihr dürft nicht »Na? Warum so sauer?« fragen,
ihr müsst dem Schaf mit Freundlichkeiten schmeicheln.

Sagt mir jetzt nicht: »Ich wohn doch in der Stadt,
wo soll ich da um Himmels willen Schafe kränken?«
Ich gebe zu, dass das was für sich hat,
doch bitte ich euch trotzdem zu bedenken:

Ein gutes Wort ist nie verschenkt,
nicht nur bei Schafen, sondern überall.
Auch trefft ihr Schafe öfter, als ihr denkt.
Nicht nur auf Wiesen. Und nicht nur im Stall.

(Na wo denn noch?)

Wie kommt die Katze auf das Floß?
Ich denke, es war so:

Die Maus, die hat den Koch erschreckt,
der Koch hat sich vor Schreck bewegt,
stieß an den Marmeladentopf,
der fiel dem Heizer auf den Kopf,
der Heizer trat dem Kapitän
beim Stolpern kräftig auf die Zeh'n,
der Kapitän verlor den Halt,
hat sich ins Steuerrad gekrallt
und lenkte so das ganze Schiff
in voller Fahrt aufs Felsenriff,
wo es mit Mann und Maus versank
und nur die Katze nicht ertrank,
weil sie auf ein Brettchen sprang
und durch Wind und Wellen sang,
gesträubten Schnurrbarthaares:
»Mein Brett ist klein, das Meer ist groß –
herrje, was mache ich jetzt bloß?«

So kam die Katze auf das Floß.
Doch, doch. Genauso war es.

Hört mal zu,
es gibt ein Kraut,
das ist merkwürdig gebaut.

Sieht wie Klee aus,
doch es hat
ein zinnoberrotes Blatt.

Jeder, der es isst,
bemerkt,
wie das Kraut die Waden stärkt:

Mühelos
und aus dem Stand
überspringt er jede Wand.

Und mit Anlauf
springt er glatt
über eine ganze Stadt.

Wie das Kraut
so etwas schafft,
blieb bis heute rätselhaft.

Auch weiß niemand,
wie es heißt,
nicht mal der, der es verspeist.

Denn es ist
in Stadt und Land
selbst Gelehrten unbekannt.

Darum sage ich
auch nur:
Augen auf in Wald und Flur!

Dann seht ihr
vielleicht ein Kraut,
das ist merkwürdig gebaut:

Sieht wie Klee aus,
doch es hat
*ein* zinnoberrotes Blatt.

Hier kannst du drei Schweine sehn,
die auf einer Wiese stehn,
eine Murmel und was noch?
Ach ja richtig – einen Koch.

Die Schweine heißen Max, Paul, Fritz,
der Koch, der heißt Marie.
Und wer das glaubt, wird selig.
Und wer es nicht glaubt, nie.

Gestern Nacht, als sie grad schlief,
schrieb Katreine einen Brief:

*Lieber Konrad! Weißt Du noch?*

*Vor zehn Jahren bist Du doch*

*zu uns zu Besuch gekommen*

*und hast Dich sehr schlecht benommen.*

*Vater, der ein Zaub'rer war,*

*sagte damals: »Du darfst zwar*

*alle Zimmer gerne sehn,*

*nur in eins sollst du nicht gehn.*

*Dort stehn meine Zaubersachen.*

*Nicht einmal zum Saubermachen*

*darfst du diesen Raum betreten.*

*Darum hätt' ich gern gebeten.*

*So. Und nun muss ich mich sputen.*

*Hab zu tun. Bis dann, ihr Guten!«*

*Vater ging. Was tatest Du?*

*Kaum schloss er die Türe zu,*

*liefst Du in das Zauberzimmer,*
*sahst Dich um, und was noch schlimmer*
*war, Du trankst vom Saft,*
*dessen zauberische Kraft,*
*den, der solchermaßen handelt,*
*sofort in ein Schaf verwandelt.*
*Ja, so war das. Doch zum Glück*
*kam der Vater bald zurück,*
*sah das Schaf und sprach: »Aha!*
*Nun, wen haben wir denn da?*
*Sollte das nicht Konrad sein?*
*Na, ich hab kein Herz aus Stein,*
*weil ich etwas Bessres hab,*
*nämlich einen Zauberstab.*
*Hokuspokus, woll'n mal sehn.« –*
*Und da war's auch schon geschehn:*
*Plötzlich war das Schaf verschwunden.*
*Wo's sich eben noch befunden,*
*da standst Du, beschämt und stumm.*
*Bist Du immer noch so dumm?*

*(Denk nun nicht: »Ach was, die spinnt!«*
*Schau das Bild an. Darauf sind*
*Du und ich in Öl gemalt.*
*Vater hat das Bild bezahlt.*
*Es zeigt uns, wie wir im Garten*
*grad auf seine Rückkehr warten.)*
*Doch nun muss ich leider schließen,*
*und ich tu's mit schönen Grüßen.*

*Schreib mal!*
*Deine*
*Kusine Katreine.*

Heut singt der Salamanderchor
die allerschönsten Lieder.
Doch da er gar nicht singen kann,
hallt es entsetzlich wider.

Rings um das Haus ist's warm und still,
drin schrein die Salamander.
Sie brüllen, lärmen, plärrn, krakeeln
und alle durcheinander.

Die Katze schaut ins Zimmer rein,
da wird's auf einmal leiser.
»Ich bitt' euch«, sagt sie, »schreit nicht so!
Ihr seid ja schon ganz heiser!«

Die Katze geht. Es ist sehr still.
Man hört die Hummeln brummen.
Ein Kuckuck ruft. Fern bellt ein Hund.
Doch dann ertönt ein Summen.

Ein Summen erst, und dann ein Schrein –
das sind die Salamander.
Schon sind sie wieder voll in Fahrt
und brüllen durcheinander:

»Hier singt der Salamanderchor
die allerschönsten Lieder.
Auch wenn es manchem gar nicht passt:
Wir singen immer wieder!«

Robert Gernhardt
bei
Fischer Klassik

**Über alles**
Ein Lese- und Bilderbuch
Band 90452

**Lichte Gedichte**
Band 90450

**Lug und Trug**
Drei exemplarische Erzählungen
Band 90449

**Was das Gedicht alles kann: Alles**
Texte zur Poetik
Herausgegeben von Lutz Hagestedt
und Johannes Möller
Band 90451

Fischer Taschenbuch Verlag

fi 555 124 / 1

Robert Gernhardt

**Hinter der Kurve**

**Reisen 1978-2005**

Herausgegeben von Kristina Maidt-Zinke

304 Seiten. Gebunden

Dass der Dichter, Maler und Satiriker Robert Gernhardt zeitlebens ein großer Reisender war, bezeugen viele seiner Texte und Zeichnungen. Darüber hinaus hat er seine Erlebnisse und Beobachtungen in diversen Ländern Europas und der Welt in seinen legendären ›Brunnenheften‹ dokumentiert. Eine Auswahl dieser Notate wurde nun erstmals zusammengestellt und ergibt einen Reiseführer der besonderen Art: Quer zum kosmopolitischen Mainstream rückt Gernhardts scharfer, kluger, teils ironischer, teils melancholischer Blick auf Land und Leute, Architektur und Kunst, Natur und Tourismus beliebte Reiseziele in ein ungewohntes Licht.

S. Fischer

fi 1-025513 / 1

Robert Gernhardt

**Toscana mia**

Herausgegeben von Kristina Maidt-Zinke

368 Seiten. Gebunden

Bisher unbekannte Texte und Zeichnungen
von Robert Gernhardt

Seit den siebziger Jahren verbrachte der Lyriker, Schriftsteller, Maler und Zeichner Robert Gernhardt einen großen Teil seiner Lebens- und Arbeitszeit im toskanischen Montaio. Seine Beziehung zu dem Ort und seinen Bewohnern, seine Begegnungen mit der faszinierenden, aber auch gefährdeten Natur und Kultur Mittelitaliens hat er in seinem vielgestaltigen Werk immer wieder zum Thema gemacht. Darüber hinaus enthalten seine Notiz- und Skizzenbücher, die legendären Brunnenhefte, eine Fülle von bislang unveröffentlichtem Toskana-Material in Wort und Bild. »Toscana mia« – noch von ihm selbst geplant, von Kristina Maidt-Zinke zusammengestellt und herausgegeben – gewährt erstmals Einblick in die Brunnenhefte und zeigt eine Sehnsuchtslandschaft der Deutschen aus Robert Gernhardts ganz besonderer Sicht.

**Alles über den Künstler**
Zum Werk von Robert Gernhardt
Herausgegeben von Lutz Hagestedt
Band 15769

Schon längst zählen die Bücher des Malers, Zeichners und Schriftstellers Robert Gernhardt zu den Klassikern der Gegenwart. Wie kaum ein anderer paart er in seinen Gedichten, Bildgeschichten, Parodien, Erzählungen und Zeichnungen ungeniert Witz und Tiefsinn. Autoren, Kritiker, Wissenschaftler geben jetzt einen Überblick über das umfangreiche und unvergleichliche Werk Robert Gernhardts. Eingehend wird seine Literatur interpretiert, sein Humor analysiert und sein Spiel mit der Tradition beleuchtet. Ein Buch für alle, die genau wissen wollen, warum Robert Gernhardts Bücher stets aufs Neue begeistern.

»Robert Gernhardt kann, was andere eben nicht oder nicht mehr können: belehren und unterhalten und beides auf höchstem Niveau.«
*Ulrich Weinzierl, Die Welt*

Robert Gernhardt

**Gesammelte Gedichte 1954 – 2006**

1168 Seiten. Gebunden

Sämtliche Gedichte von Robert Gernhardt in einem Band

1954 begann der Gymnasiast zu reimen, heute gilt Robert Gernhardt als einer der bedeutendsten Lyriker deutscher Sprache. Seine Meisterschaft: der elegante Balanceakt zwischen Leichtem und Schwerem, zwischen der Komik des Lebens und dem bitteren Ernst menschlichen Strebens.

»Dichter können die Welt nicht verändern?
Zuweilen doch. Der Dichter Robert Gernhardt jedenfalls
hat die Welt verändert, indem er seine Leser verändert hat,
und seine Leser zählen nach Millionen.«
*Ulrich Greiner, Die Zeit*

Robert Gernhardt
Bernd Eilert
Peter Knorr

**Erna, der Baum nadelt!**

Ein botanisches Drama am Heiligen Abend

Band 17808

Unglaublich! Es hätte ein ruhiges und besinnliches Weihnachtsfest für Schorsch und Erna Breitlinger werden können. Doch völlig unerwartet werden sie zu Zeugen eines schrecklichen Unglücks: Der Baum beginnt zu nadeln. Schorsch und Erna sind fassungslos, die Kinder spotten und keiner weiß, was zu tun ist. Ein dramatisches Schauspiel nimmt seinen Lauf.

Der Weihnachtsklassiker in erweiterter Neuauflage mit zwei neuen Dialektfassungen: Fränkisch von Klaus Ruppert und Berlinerisch von Claudia Rusch.

Fischer Taschenbuch Verlag

fi 17808 / 1